Das bin ich

Name:
Geburtstag:
Sternzeichen:
Wohnort:

Klasse:
Größe:
Haarfarbe:
Augenfarbe:

Lieblingsgetränke

Platz für einen
Tropfen Limo

LIEBLINGS

Und hier ist ....

Rezept

....

Die Gummibärchen möchten gern mit Mustern verziert und ausgemalt werden.

Meine beste Freundin

Name:

Foto

Spitzname:

Geburtstag:

Sternzeichen:

Haarfarbe:

Augenfarbe:

Lieblingsfarbe:

Lieblingsessen:

Lieblingsfilm:

Lieblingsbuch:

Lieblingstier:

Lieblingsmusik:

Was magst du gern?

Was findest du eklig?

Wenn du Präsidentin wärest, würdest du:

Platz für Fingerabdruck

Mein Lieblingsnagellack

fresh
ELS

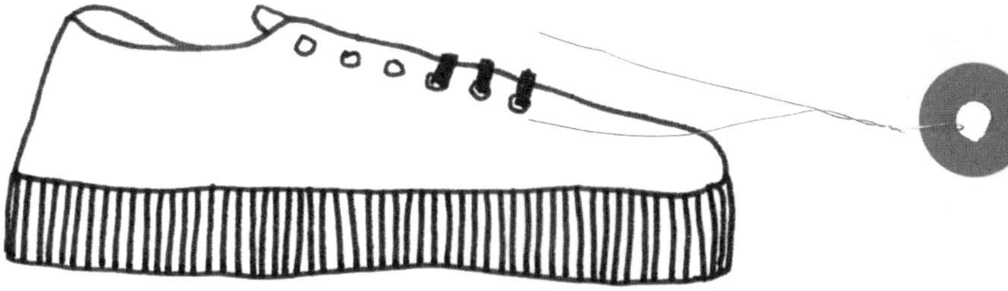

Lieblingsturnschuhe

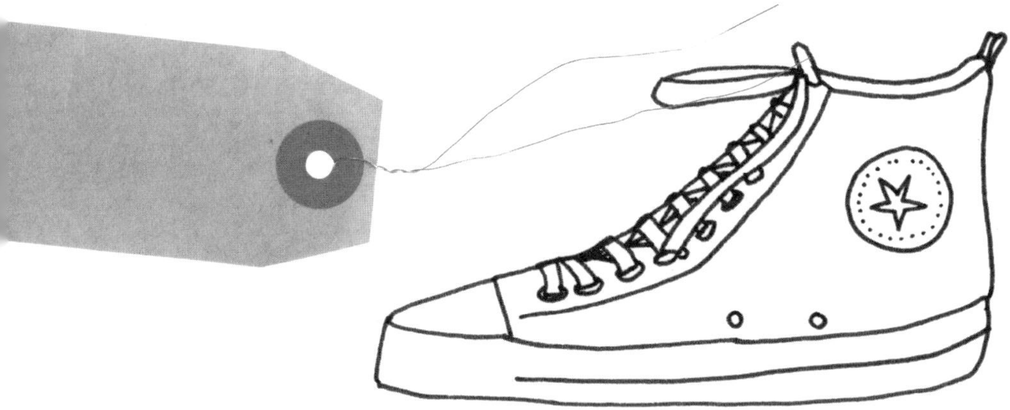

Leckere Cupcakes

Meine Lieblingsmannschaft
Fußball, Volleyball ...

Lieblingsspieler:

Lieblingssänger/in

Lieblings-Band

Mein Lieblingsstift

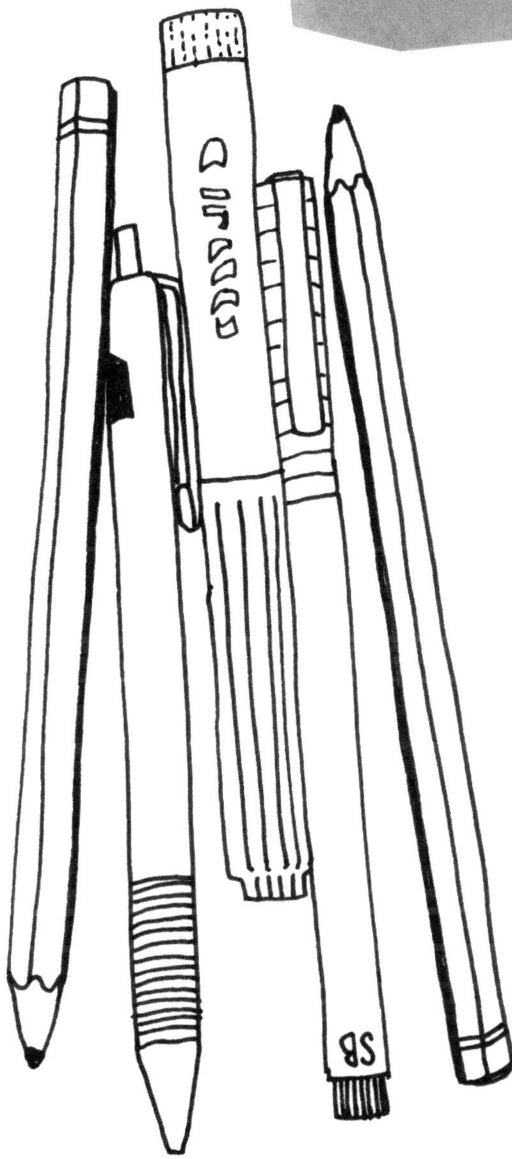
SB

Mein Lieblingstier

Mein Lieblingsvogel

Das Einwickelpapier von meinem Lieblingsbonbon

Das Papier von meiner Lieblingsschokolade

Nimm einen Locher und loche das Schokopapier, dann klebe die Kreise hier auf.

Diese Leute mag ich am liebsten:

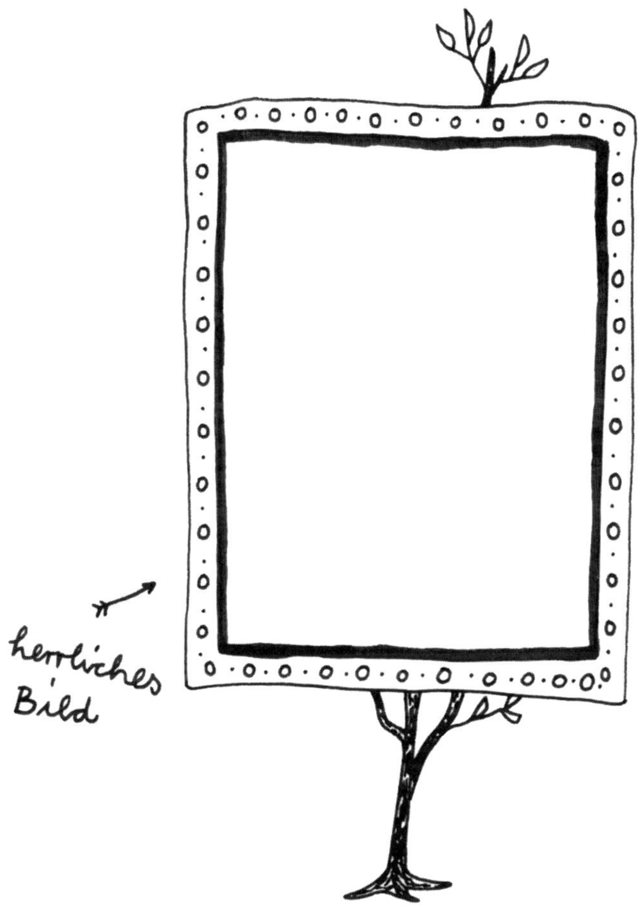
herrliches
Bild

Mein Lieblingsobst

Male es aus. Oder dazu.

Mein Lieblingsgemüse

Hier ist Platz für ein Bild/das Rezept von deinem Lieblingsessen

LIEBLINGS

ESSEN

Mein Lieblingsspruch

genieße
den
Augen
blick!

MEIN LIEBLINGSEIS

Meine Lieblingseisbewertung:

Verbinde die Eissorten mit den Zahlen. Die Zahlen dürfen mehrfach verwendet werden.

So gerne mag ich diese Eissorten in Prozent:

Zitrone	100
Vanille	90
Schoko	80
Erdbeer	70
Johannisbeer	60
Cookies	50
Stracciatella	40
Melone	30
After Eight	20
Joghurt	10
Schlumpf	
Nuss	
....	
....	

Diese Eisbecher würde ich gerne essen:

In der hinteren Klappe findest du die Eiszutaten noch mal zum Ausschneiden.

tea
Mein Lieblingstee
C.G.

Das ist meine Lieblingstasse:

Lieblingsbücher

So sieht mein Lieblingsbuch aus:

So heißt es

Autor: ....

Titel: ....

Schreibe deine Lieblingswörter auf.

Warum magst du sie? Weil sie schön klingen oder etwas Schönes beinhalten?

Mein Lieblingsplatz zum Chillen

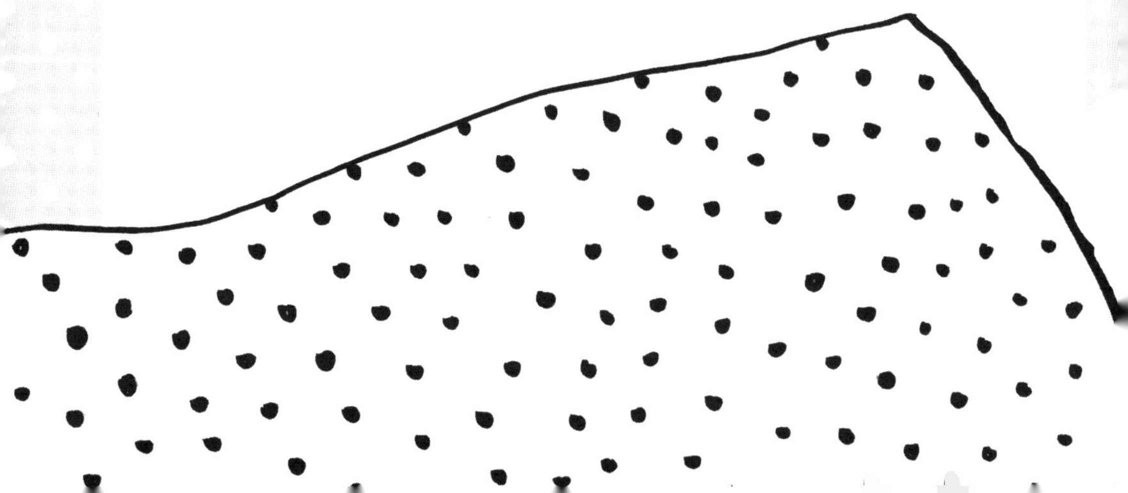

Mein Lieblingstraum

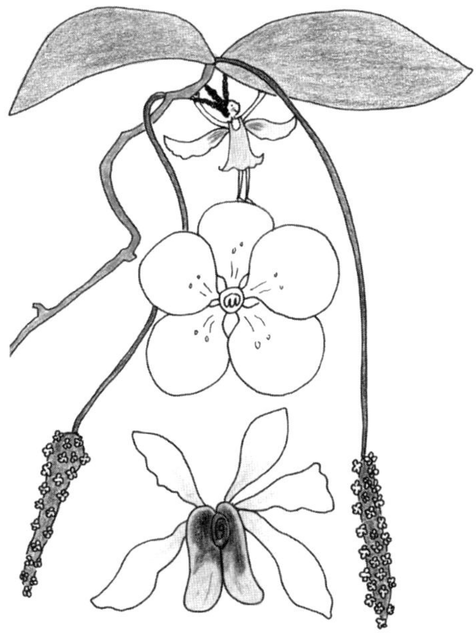

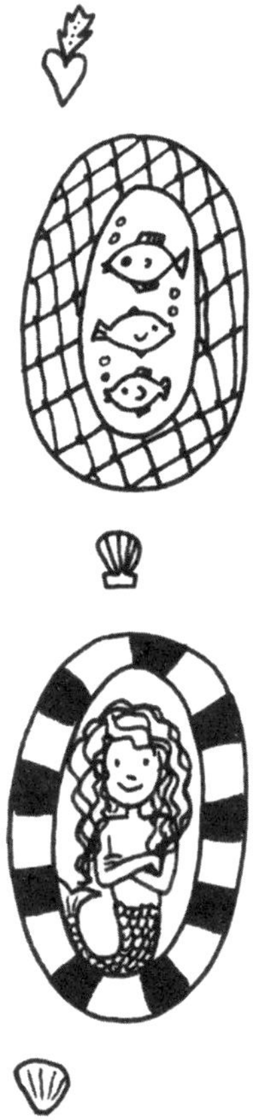

Mein liebstes Ferienziel

....

....

....

....

....

....

....

Hier kannst du eine Postkarte einkleben oder etwas malen.

Mein schönstes Ferienerlebnis

NAME: ___________

DESTINATION: ___________

LIEBLINGS

SOUVENIR

ahoi

Meine Lieblingssüßigkeiten

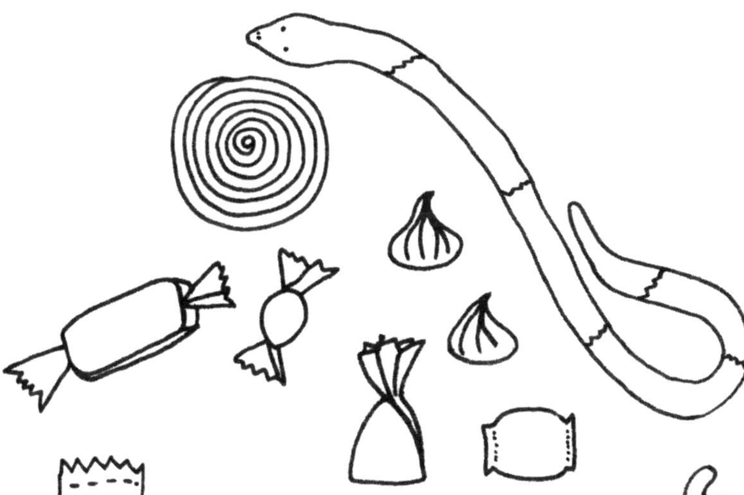

Meine liebste Jahreszeit?

Wie sieht der Baum zu dieser Jahreszeit aus?

Mein Lieblingsgedicht

LIEBLINGS

Mein Lieblingswitz

BLUMEN

Ein wunderschöner Blumenstrauß

Hier kannst du deine Lieblingsblume pressen. Oder du trocknest sie zuerst zwischen Zeitung und dicken Büchern und klebst sie dann hier ein.

Lass deine Lieblingsverwandten gegeneinander antreten.

Coolnessfaktor	
Strenge	
Spaßfaktor	
Streitfaktor	
Kuschelfaktor	

PAPA

VS.

Coolnessfaktor	
Strenge	
Spaßfaktor	
Streitfaktor	
Kuschelfaktor	

MAMA

Coolnessfaktor	
Strenge	
Spaßfaktor	
Streitfaktor	
Kuschelfaktor	

OPA

VS.

Coolnessfaktor	
Strenge	
Spaßfaktor	
Streitfaktor	
Kuschelfaktor	

OMA

Coolnessfaktor	
Strenge	
Spaßfaktor	
Streitfaktor	
Kuschelfaktor	

*

vs.

Coolnessfaktor	
Strenge	
Spaßfaktor	
Streitfaktor	
Kuschelfaktor	

COUSIN

Coolnessfaktor	
Strenge	
Spaßfaktor	
Streitfaktor	
Kuschelfaktor	

vs.

Coolnessfaktor	
Strenge	
Spaßfaktor	
Streitfaktor	
Kuschelfaktor	

* Bruder, Schwester, Tante, Cousine, noch mehr Großeltern

Daran erinnere ich mich am liebsten:

Kindergarten

bei Oma und Opa

MEMORIES

erste Klasse

erste Klassenfahrt

Meine Lieblingsschauspieler/in

LIEBLINGS

Du kannst sie aus Zeitschriften ausschneiden und hier einkleben.

Platz für eine Eintrittskarte einer tollen Vorstellung
(Theater/Kino/Konzert)

19.1.

JACQUES, DER JONGLEUR

Meine Lieblingsstrümpfe

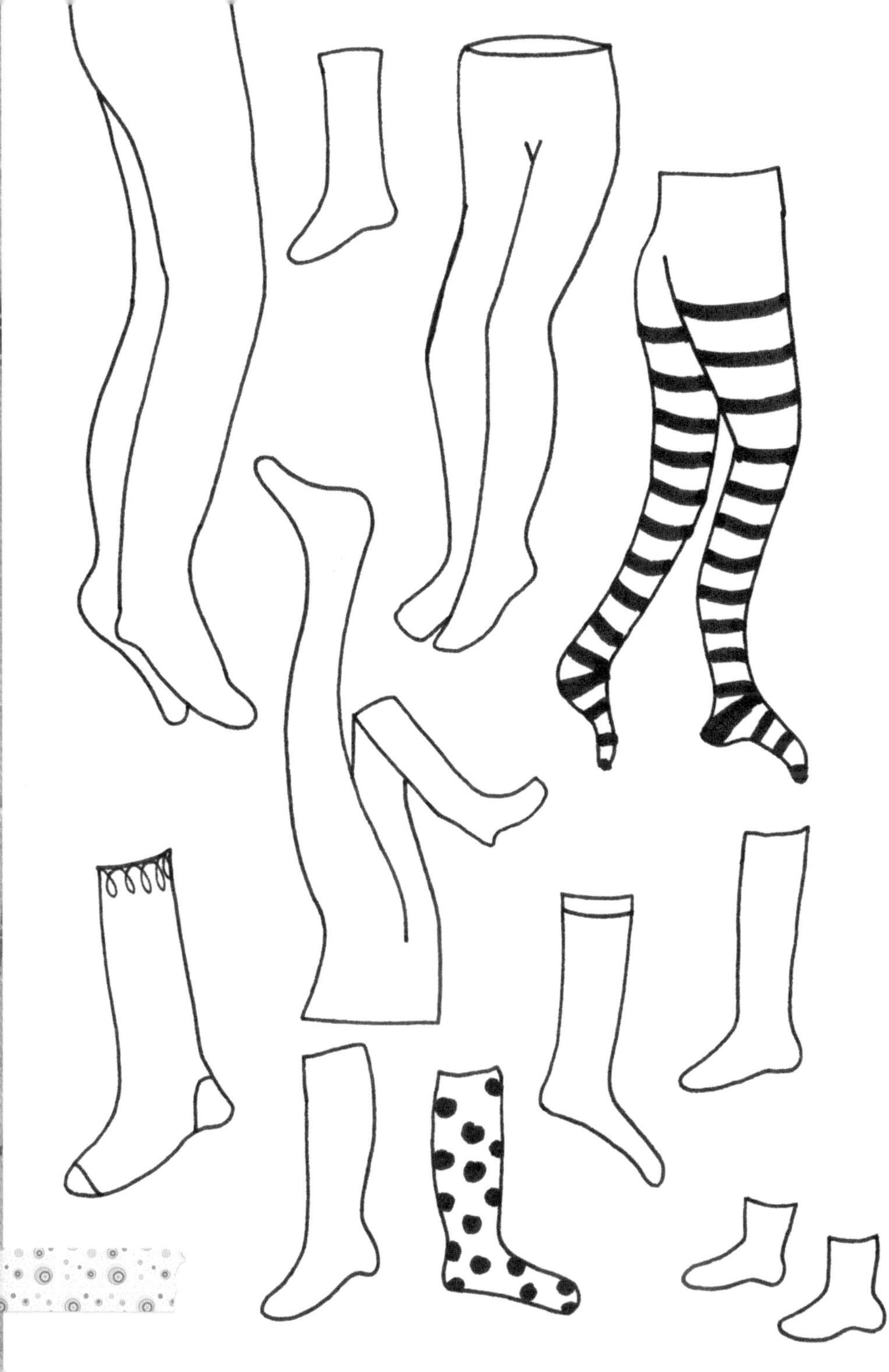

Meine Lieblingsbriefmarken und -sticker

LIEBLINGS

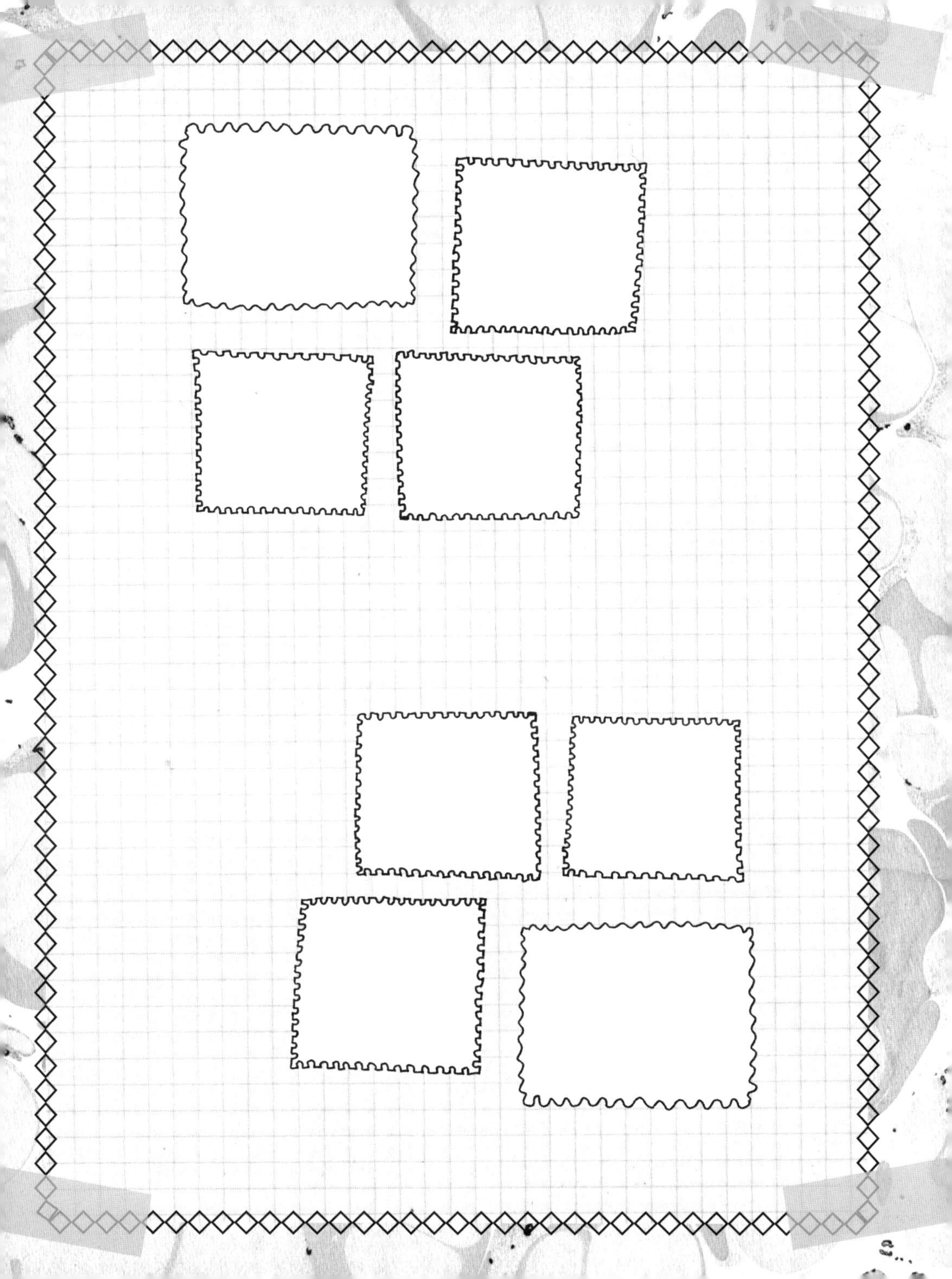

Meine Lieblings-Filme

1

2

3

4

5

Meine Lieblings-Serien

1

2

3

4

5

Meine Lieblingsfarbe

Du kannst mit Tusche oder Stiften malen.

Lieblingswochentag

- MONTAG
- dienstag
- MITTWOCH
- Donnerstag
- FREITAG
- Sonnabend
- Sonntag

LIEBLINGS

Lieblingsmonat

Das mag ich an diesem Monat besonders:

Meine
Lieblingssportart

Mein Lieblingsfach in der Schule

Welches Fach magst du wie gerne?

	100
Mathe	
	90
Deutsch	
	80
Englisch	
	70
Biologie/NaWi	
	60
Physik	
	50
Sport	
	40
Geschichte/GeWi	
	30
Kunst	
	20
Musik	
	10

A B C D
153 · 74
(23 · 7)
+ 13 · 8
− 27 · (9 · 1
E
F
G
H
I
J
k = m · b2
e = mc2
L
M
parlez vous ?
ça va
tinta
N
P
11
9
876
566
399
80
27
Q R
T
U
V
W
(x)3 = ∑ n/x (b)
CH3
CH2 CH2 CH2 CH2
Eto
Ph
CH3
X Y Z

Mein Lieblingsspiel

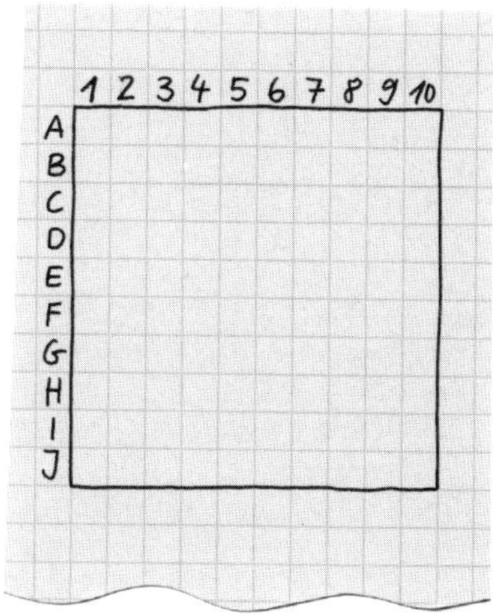

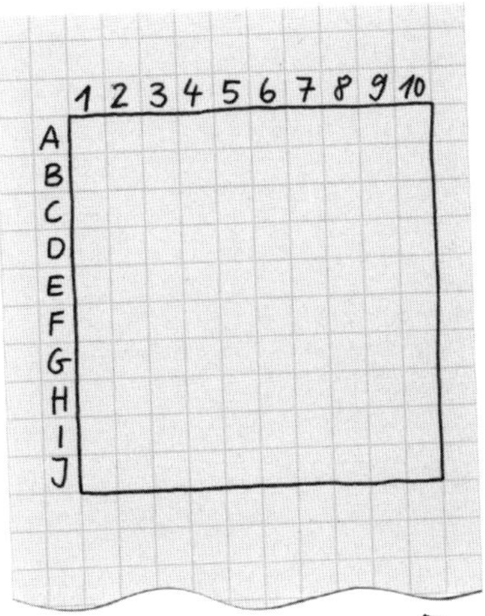

1 x 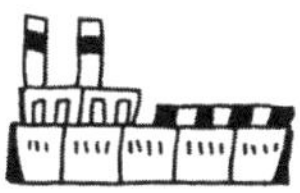 2 x 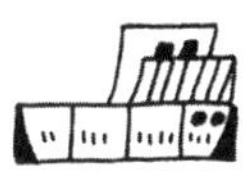 1 x  4 x 

Mein Lieblingslippenstift

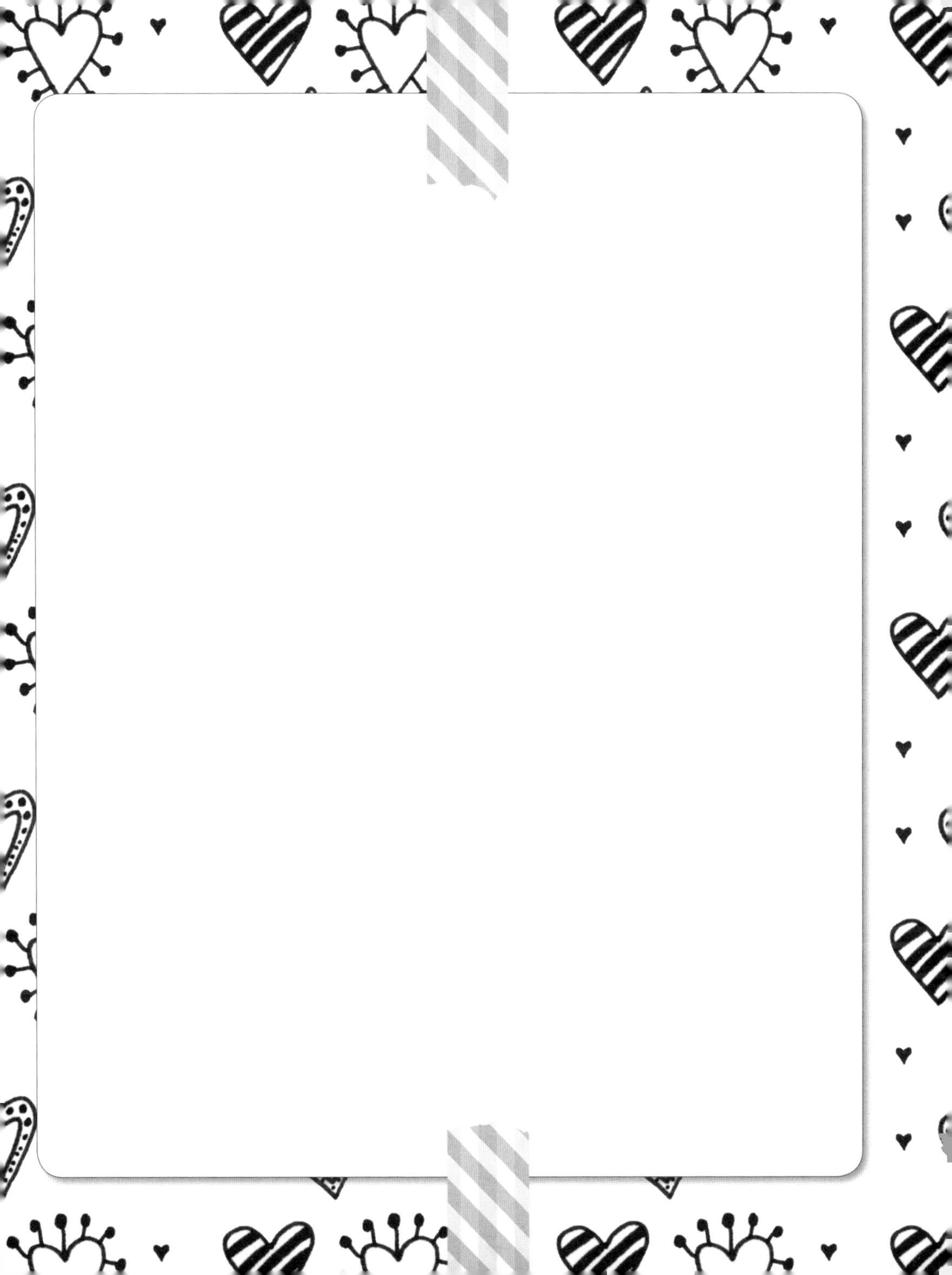

Mein Lieblingsduft

Zeichne den Flakon und sprühe etwas Parfüm (oder Duschbad) auf die Seite.

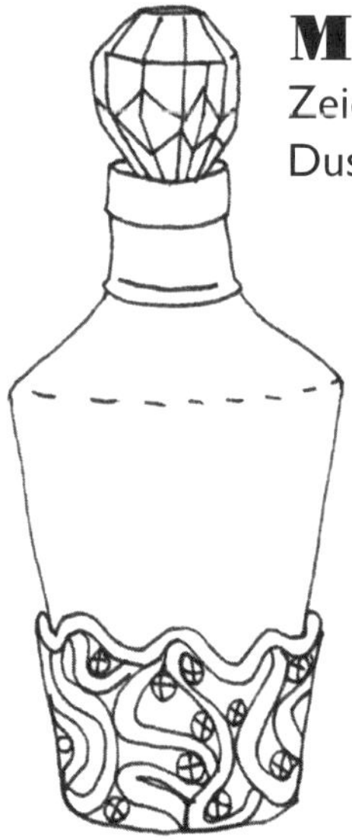

FLEUR

Chocolat

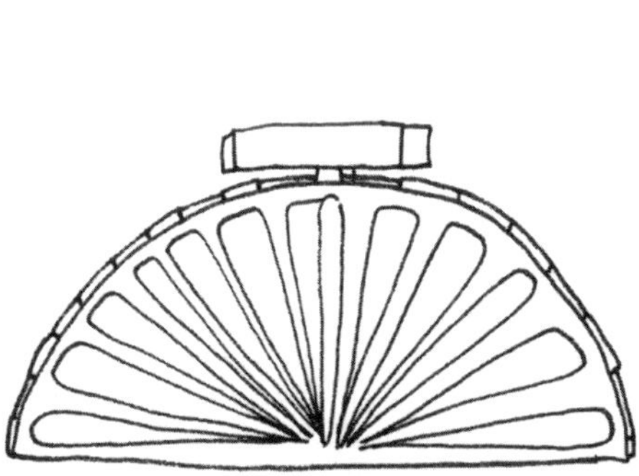

Meine Lieblingskopfbedeckung

Male Gesichter unter die Hüte.

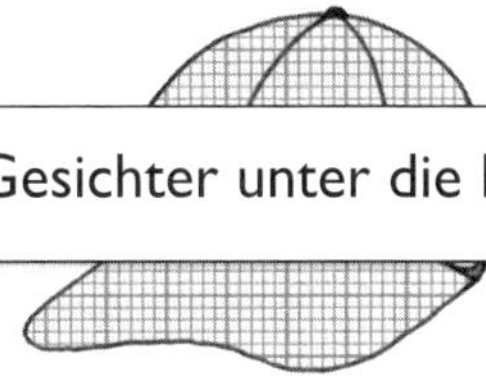
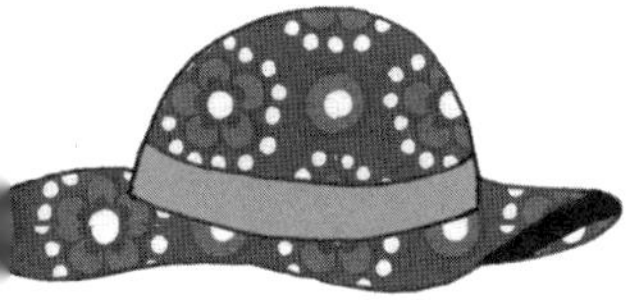

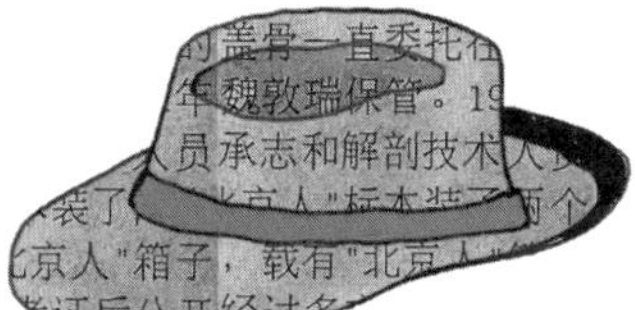
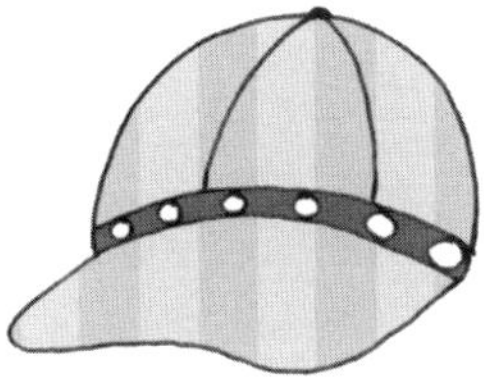

An diesen Köpfen kannst du deine Lieblingsfrisuren ausprobieren.

So würde mein Lieblingszimmer aussehen:

Male es oder schneide Bilder aus Zeitschriften aus und klebe sie ein.

Mein Lieblingsoutfit für den Sommer

Meine Lieblings-Playlist

1

2

3

4

5

6

7

8

MUSIK

Das ist der Text von meinem Lieblingssong:

All this Love ~ Robin Schulz

2Am in this cheap hotel
Tought a little bit of space would help I see it
Now I see it
On the bed and I close my eyes
Think about those perfect nights in Phoenix
Still feeling

But there's no relief
It's weighing on me
It's taketing its toll
There's no letting go
Damned if we do, damned if we don't
Sometimes I wonder if we knew it all along

So what are we gonna do with all this love?
And in twelve years' time
Will we smile when we think about us? Hey
Ah, timing is a mess
But that don't mean that it means less
And if we have to say goodbye 'cause it's for the best
What are we gonna do with all this love? Yeah

With all this Love
With all this Love
With all this Love

LIEBLINGS

Are we gonna box it away?
Save it for when it rains in L.A.
We need it, oh, we need it
Ohh, maybe we'll wake up one of these days
See the biggest mistake we ever made was leaving
And I'm thinking

So what are we gonna do with all this love?
And it twelve years' time
Will we smile when we think about us? Oh
Ah, timing is a mess
But that don't mean that it means less
And if we have to say goodbye 'cause it's for the best
So what are we gonna do with all this love? Yeah

With all this love
With all this love
Oh, with all this love
With all this love
So what ~~are~~ we gonna do with all this love?
With all this love
So what are we gonna do with all this love?
Ah-woo, with all this love

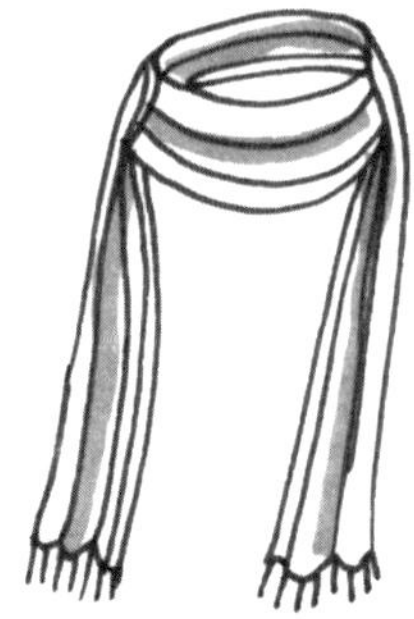

Ergänze die Seite mit deinen Lieblingsaccessoires wie Schals, Gürtel, Haarschmuck, Täschchen usw.

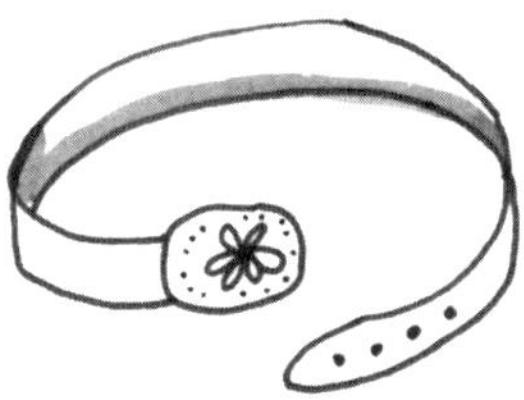

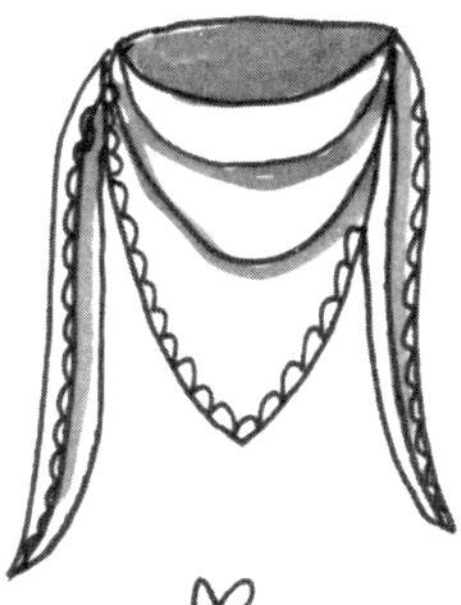

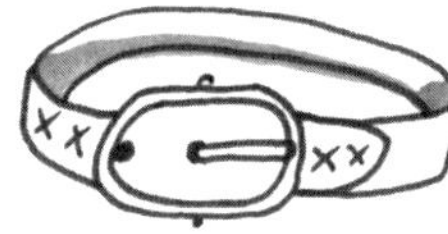

Hier kannst du dein eigenes Mandala entwerfen.

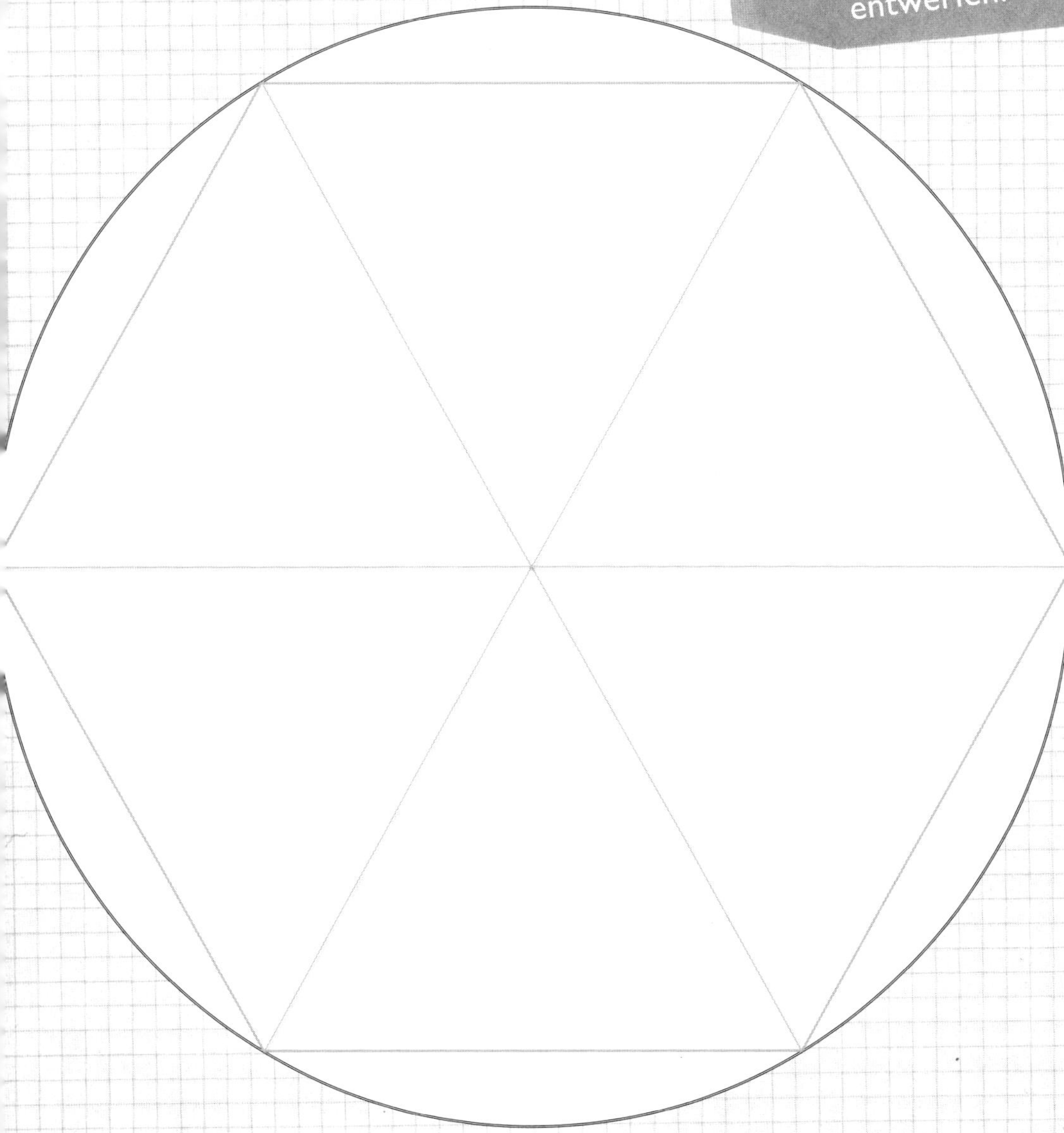

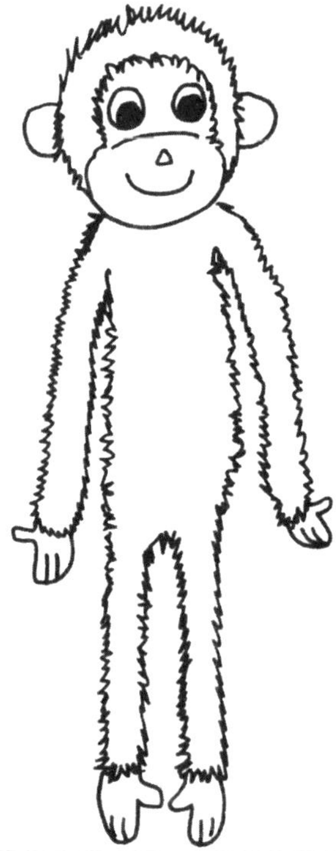

Hier kannst du dein Lieblingskuscheltier dazuzeichnen.

Hier ist Platz für die Dinge, die du sammelst.

LIEBLINGS

SAMMLUNG

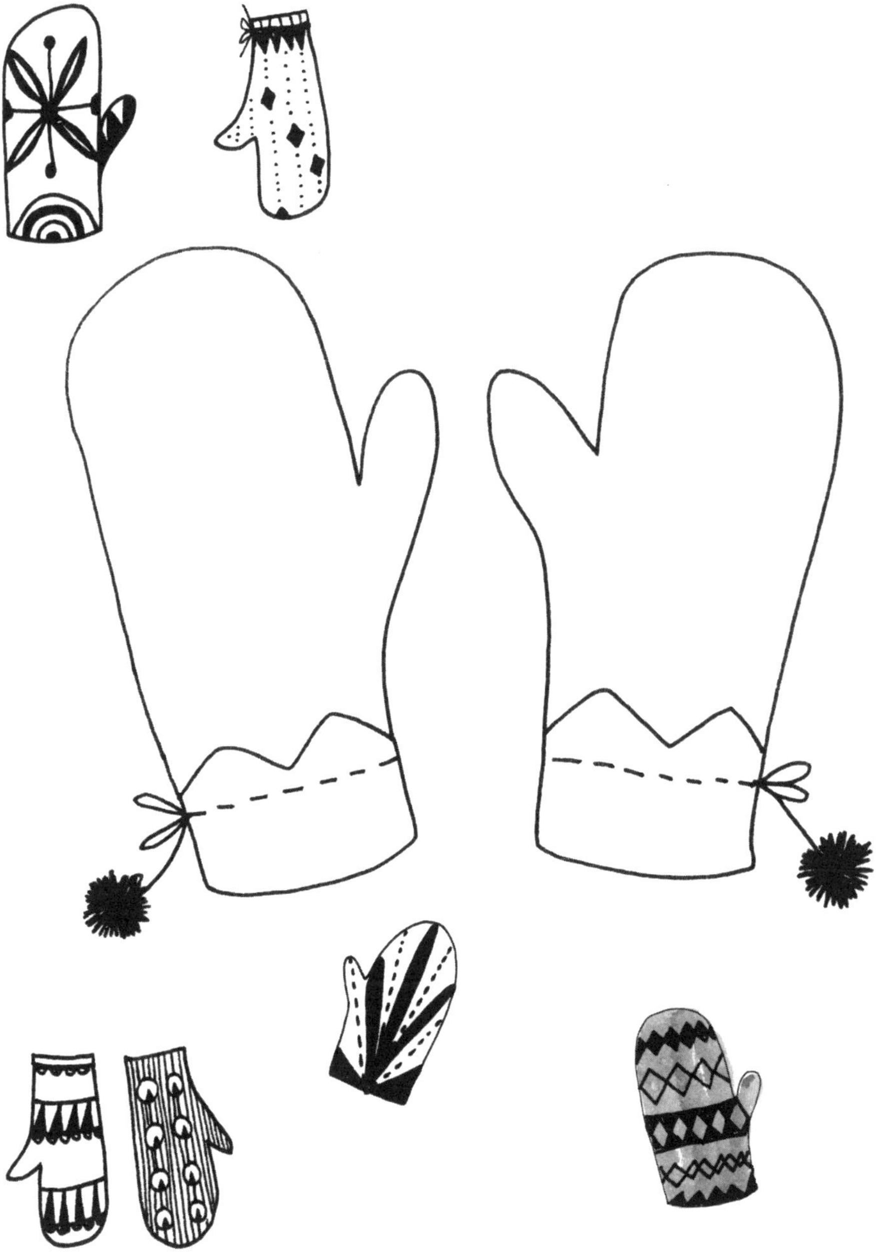

So würden meine Lieblings-handschuhe aussehen.

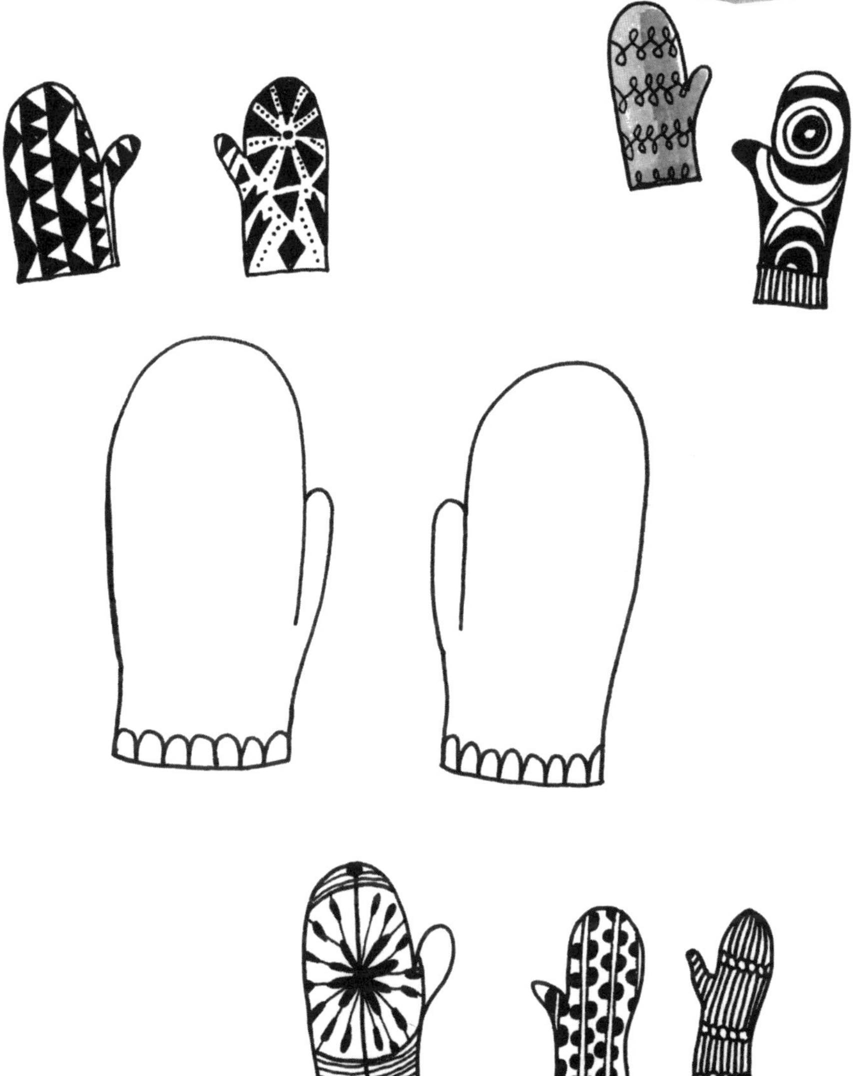

MEINE LIEBLINGSNAMEN

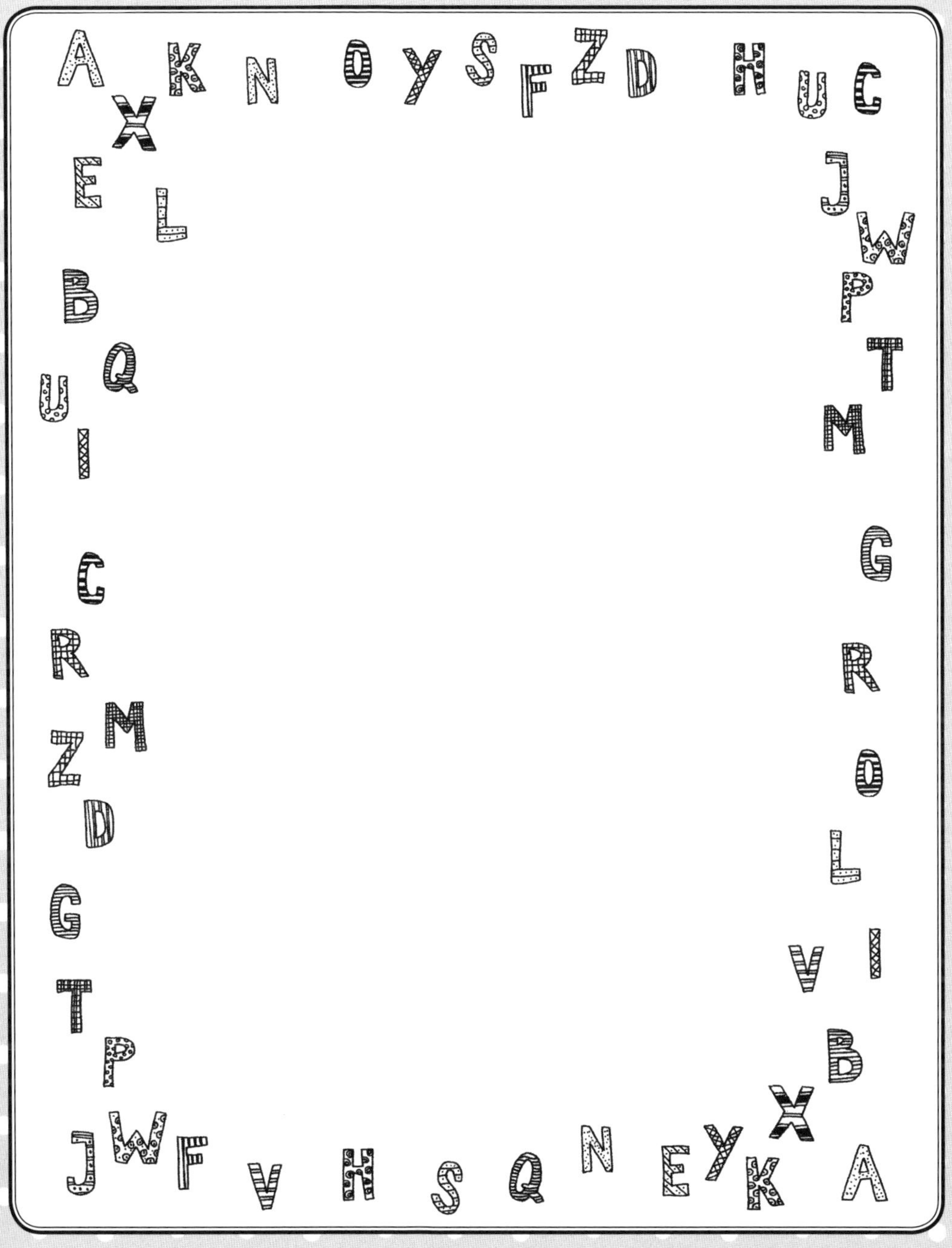

Meine Lieblingszeitschrift

Klebe das Cover hier ein.

Mein Lieblingswetter

Trage deine Lieblingstemperatur ein!

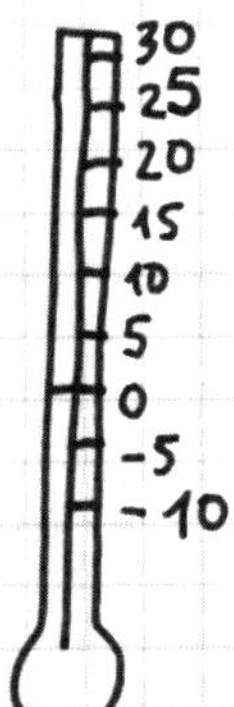

STELL DIR VOR, DIE TROPFEN HABEN GESICHTER.

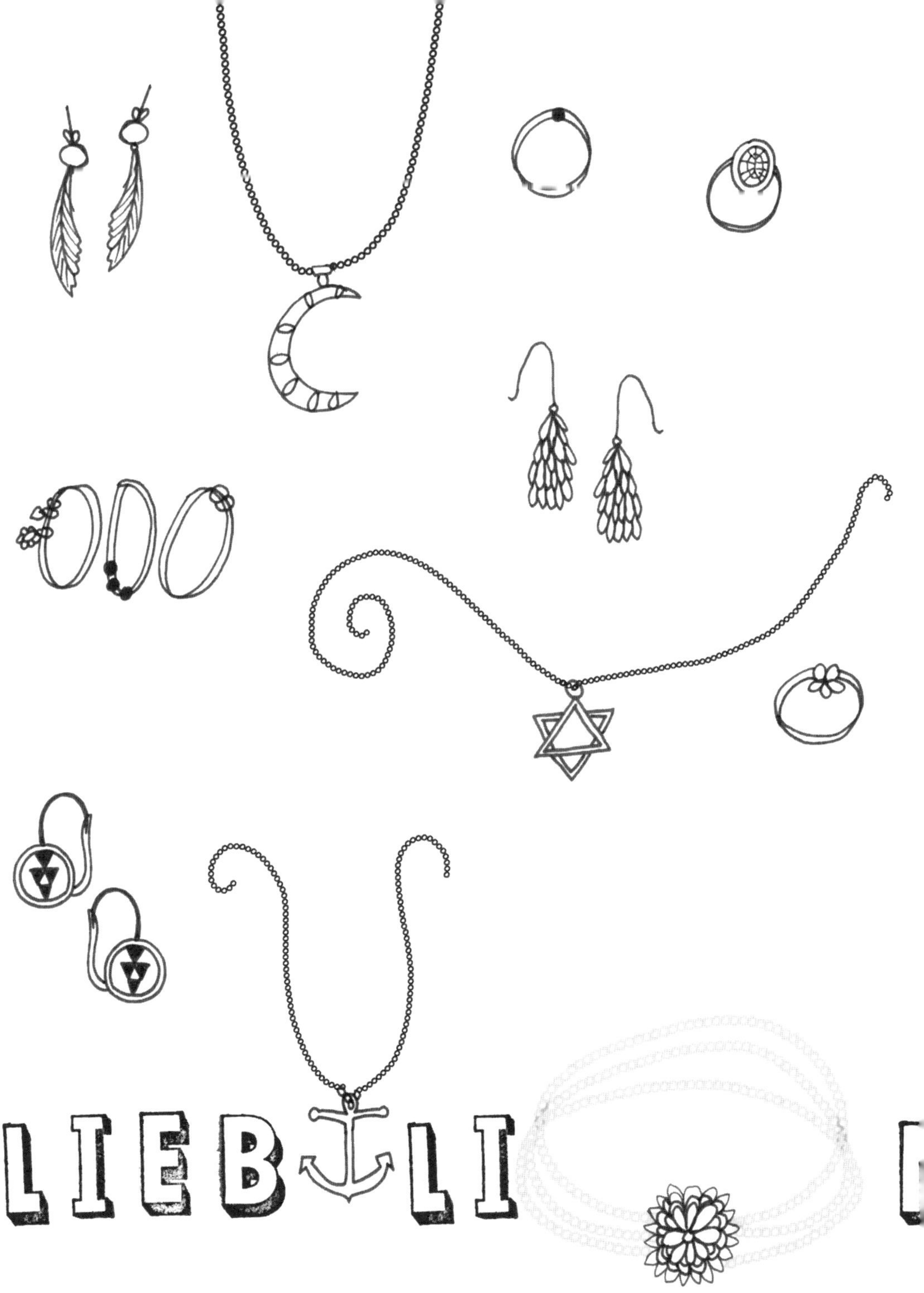
LIEB
LI

Hier kannst du deinen Lieblingsschmuck dazuzeichnen.

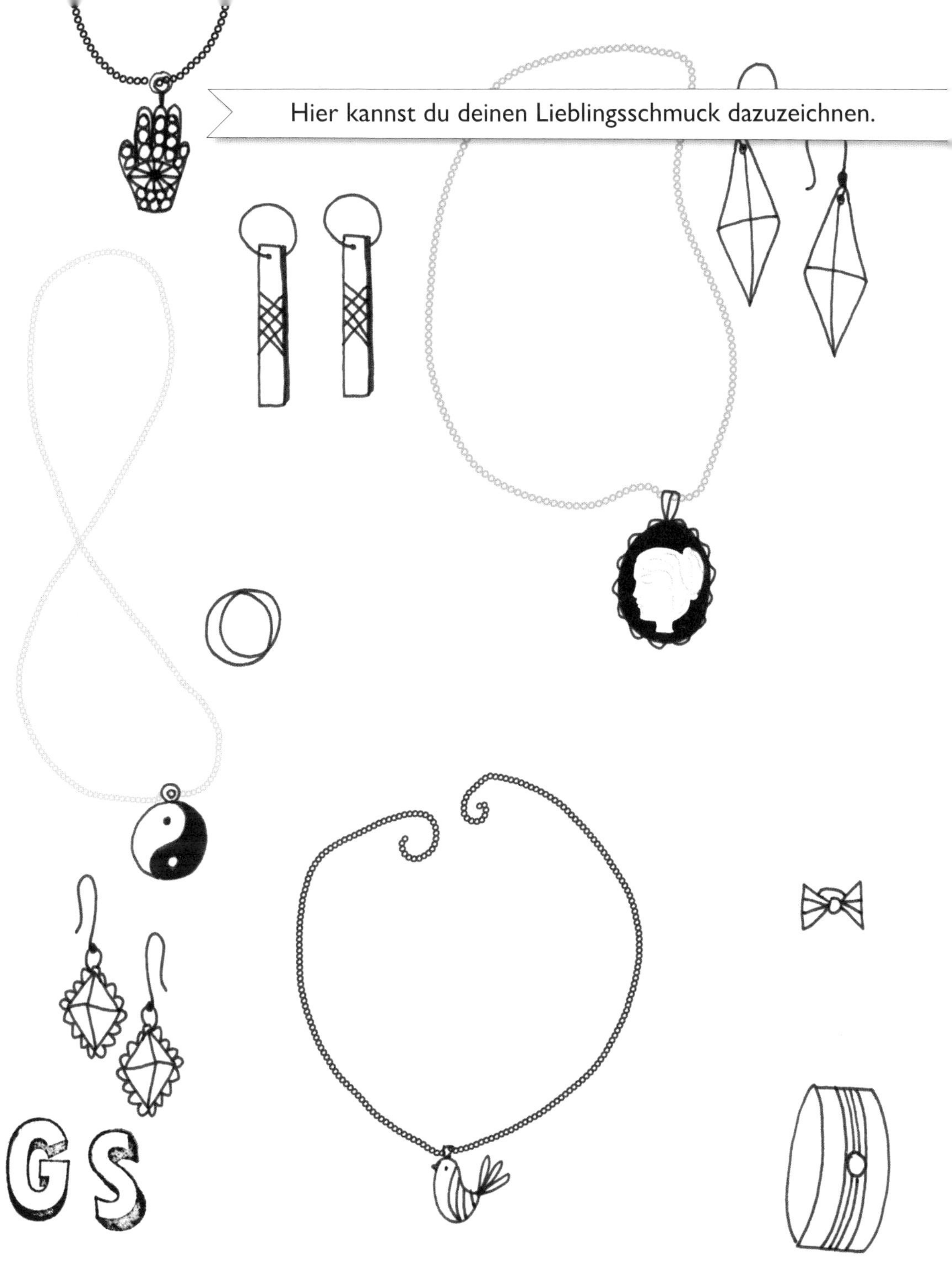

Wo auf dieser Karte liegt dein Lieblingsland?

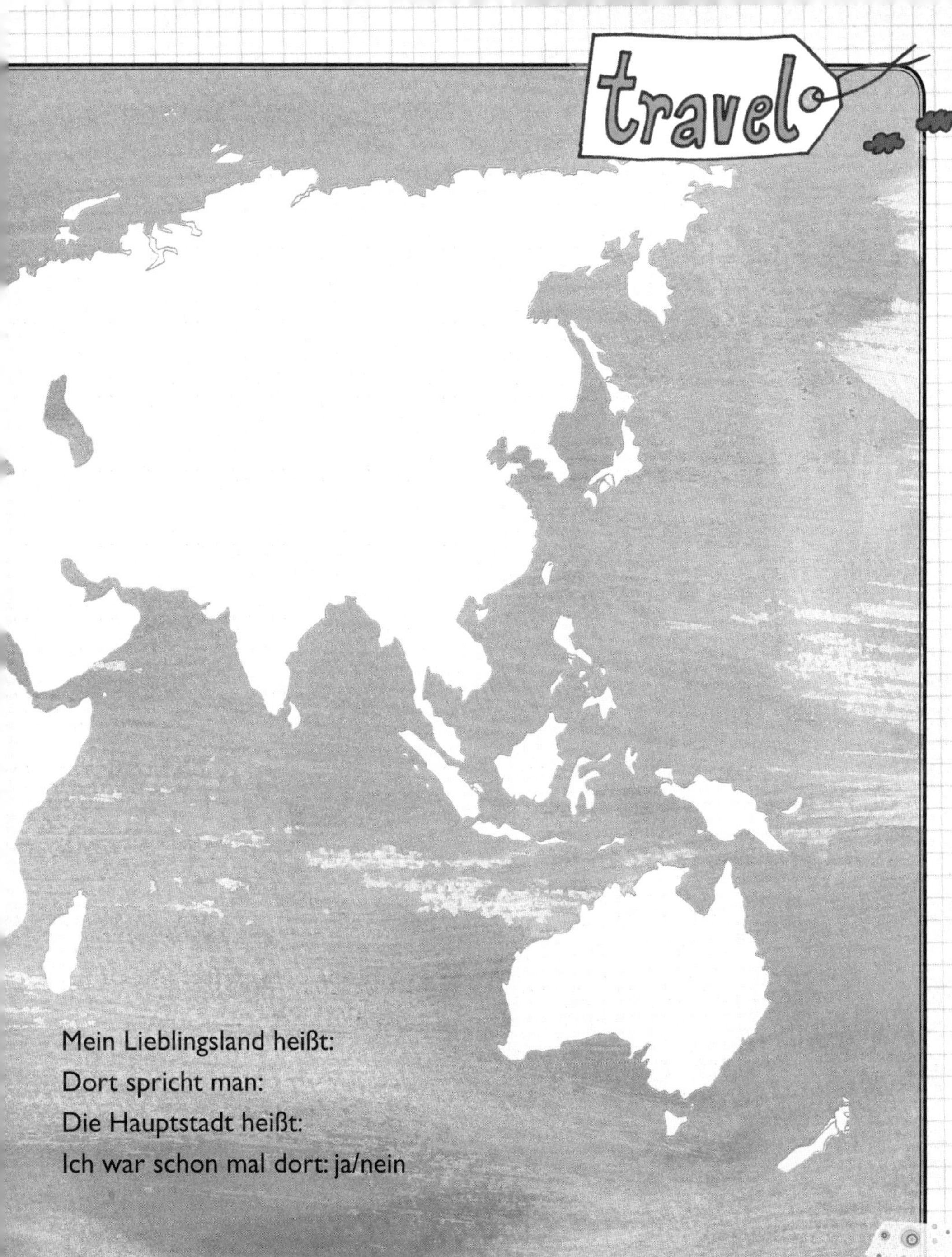

Mein Lieblingsland heißt:

Dort spricht man:

Die Hauptstadt heißt:

Ich war schon mal dort: ja/nein

Mein Lieblingsrestaurant:

....

Am liebsten esse ich dort:

....

Am liebsten trinke ich dort:

....

20
PFEN
GOING
to
REL

Meine Lieblingspflanze

Meine Lieblingstasche/
mein Lieblingsrucksack

Meine Lieblingsschuhe

Mein Lieblingslook
im Winter

Meine Lieblingsfiguren aus Comic, Film und Co.
zum Ankreuzen, Einkreisen oder Durchstreichen

SNOOPY

Elsa

Micky Maus

Phantomias

Minions

Der Hobbit

DARTH VADER

Captain Jack Sparrow

Superman

Bibi und Tina

SpongeBob

Meister Yoda

Harry Potter

....

....

....

....

....

Hier kannst du sie hinzeichnen oder einkleben.

Meine Lieblingsstadt

Zeichne eine Karte oder klebe einen Stadtplan ein.

LIEBLINGS

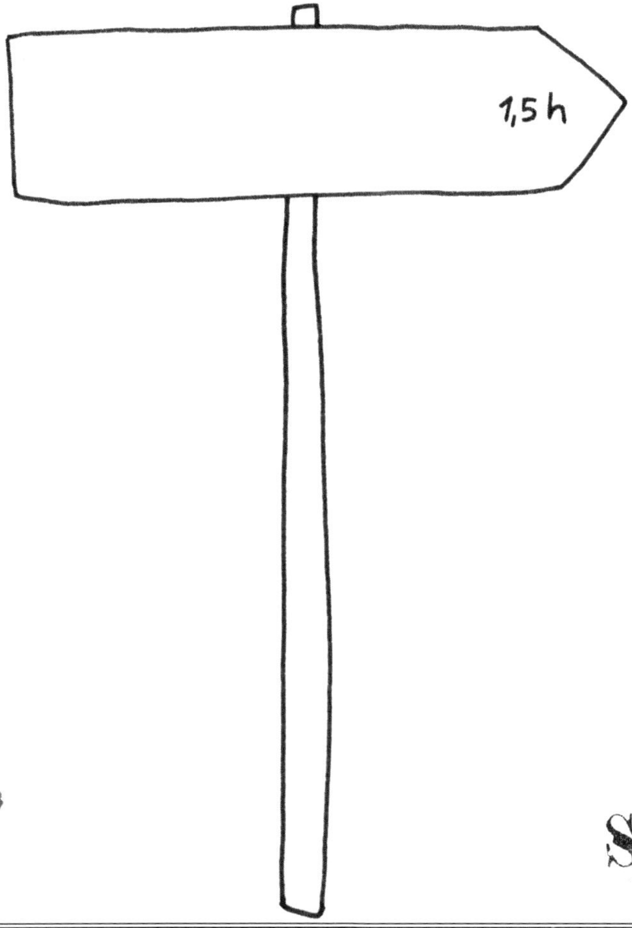

STADT

Meine Lieblingsorte

zum Freundetreffen:

zum Leutebeobachten:

zum Abhängen:

zum Lesen:

zum Radfahren:

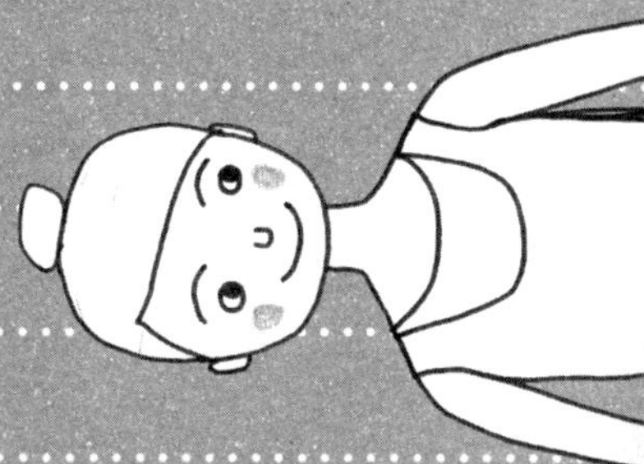

zum Eisessen:

Hier ist Platz für die Lieblingsdinge, die dir noch eingefallen sind.

LIEBLINGS

© Christine Langer

Constanze Guhr wurde 1975 geboren und ist in Leipzig aufgewachsen. Ihre erste Zeichnung schuf sie mit zwei Jahren, diese ist allerdings verschollen. Nach dem Abitur und einem Auslandsaufenthalt in England und Schottland studierte sie in Berlin Bildende Kunst und Sonderpädagogik. Im Jahr 2000 nahm sie an der Illustratorenausstellung in Bologna teil und arbeitet seither als Illustratorin – seit 2004 mit drei anderen KollegInnen im Atelier petit4 in Berlin Prenzlauer Berg. Sie lebt mit ihrer Familie an einem See am Rand von Berlin.

Ausführliche Informationen über unsere Autoren und Bücher
www.dtv.de

MIX
Papier aus verantwortungsvollen Quellen
FSC® C083411
FSC www.fsc.org

Originalausgabe

Umschlagbild und -gestaltung: Constanze Guhr
Innenillustrationen und -gestaltung: Constanze Guhr
Druck und Bindung: CPI – Ebner & Spiegel, Ulm
Gedruckt auf säurefreiem, chlorfrei gebleichtem Papier
Printed in Germany • ISBN 978-3-423-71213-7

LIEBLINGS